우리는 연인 3

시아기획시집 **006**

우리는 연인 3

안창모 제3시화집

인쇄일 | 2024년 08월 15일
발행일 | 2024년 08월 20일

지은이 | 안창모
펴낸곳 | 도서출판 시아북(詩芽Book)
출판등록 | 2018년 3월 30일
주소 | 대전광역시 동구 선화로214번길 21(3F)
전화 | (042) 254-9966, 226-9966
팩스 | (042) 221-3545
E-mail | siab9966@daum.net

값 15,000원
ISBN 979-11-91108-99-6(03810)

* 저자와의 협의에 의해 인지를 생략합니다.
* 잘못된 책은 바꿔드립니다.

시아기획시집 006

우리는 연인 3

안창모 제3시화집

시아북
詩雅BOOK

/ 시작하는 말 /

말릴 수 없는 그의 길

나태주(시인)

안창모 시인님! 벌써 시화집이 세 권째라 합니다. 샘솟듯 하는 당신의 시심을 축하하면서 안쓰러운 생각이 듭니다. 왜 당신의 시심은 멈추지 않고 쉼 없이 샘솟듯 하는 걸까요? 쉽게 멈추어지지 않는 내부의 에너지 때문에 그럴 것이라는 생각입니다. 그렇다면 그 에너지는 또 무엇일까요?

모르면 몰라도, 깊은 슬픔과 상실이 표면에 있을 것이고 그 아래로는 뜨거운 사랑과 그리움이 있을 것이라고 생각됩니다. 적어도 이러한 심리적인 에너지가 바닥나지 않는 한 당신의 시는 쉽게 멈추지 않을 것 같습니다. 이런 때는 어쩔 수 없이 계속해서 쓰고, 또 쓰라는 말밖엔 드릴 말이 없습니다.

그러다 보면, 정말로 그러다 보면 언젠가는 정말로 자기가 쓰고 싶은 시의 경지가 나오고 또 내면에 가득한 응어리들이 풀려 그야말로 평화로운 날이 찾아오기도 할 것이라는 생각입니다. 그것이 바로 시가 주는 축복이요 위안이요 그 무엇으로도 바꿀 수 없는 커다란 선물입니다.

내가 보기론 안창모 시인은 진선미, 그 좋은 마음 세 가지를 모두 지닌 사람 같습니다. 그렇지 않고서는 이렇게 지속적으로 시를 쓸 수가 없는 일이고 시의 내용이나 표현이 이토록 맑고 투명하고 아득할 수가 없는 일입니다. 그 어떤 시를 읽더라도 시인의 진심과 선량함을 느끼게 하니까 하는 말입니다.

이제는 우리가 안창모 시인을 만류하거나 다른 그 어떤 말로 권유하거나 조정할 수 없는 단계에 왔다고 봅니다. 다만 우리는 그의 동행인으로서 먼 길을 함께, 천천히, 타박타박 걸어갈 수밖에는 없는 일입니다. 서로가 지치면 곁에 있어주고 발걸음을 맞추어 주면서 시의 길, 끝까지 가기를 소망합니다.

모르면 몰라도 시의 길은 이렇습니다. 착한 마음, 겸손한 마음, 부드러운 마음으로 세상 만물을 대하고 세상 모든 사람을 대하면서 자기의 심정을 언어로 드러내는 일에 열중하는 작업입니다. 될수록 오래, 많이, 열심히 시를 쓸 수밖에는 다른 길이 없습니다. 그러다 보면 그 나름의 길이 열릴 것이라 여겨집니다.

안창모 시인의 세 번째 시화집 출간을 축하하며 좋은 시 한 편을 쓰고 세상 모든 것을 가진 양 의기양양 행복해하는 우리들의 어리석음을 또한 오래 아끼고 사랑합시다. 좋은 날 좋은 일로 우리가 다시 만나 웃기를 소망합니다.

2024. 07.

/ 작가의 말 /

제 시가

당신의

하소연이 되고

고백이 된다면

더없이

좋겠습니다.

2024. 07.

용인 마북산록에서 안창모

차례

제2부 첫사랑

제3부 저 먼 곳에

제4부 꿈속에 찾아온 그대

제5부 봄처녀 제 오시네

제6부 담배꽁초 왈

제1부

우리는 연인

별이
쏟아지는
밤에

그대

그대
춥지 않기를
아프지 않기를
행복하기를

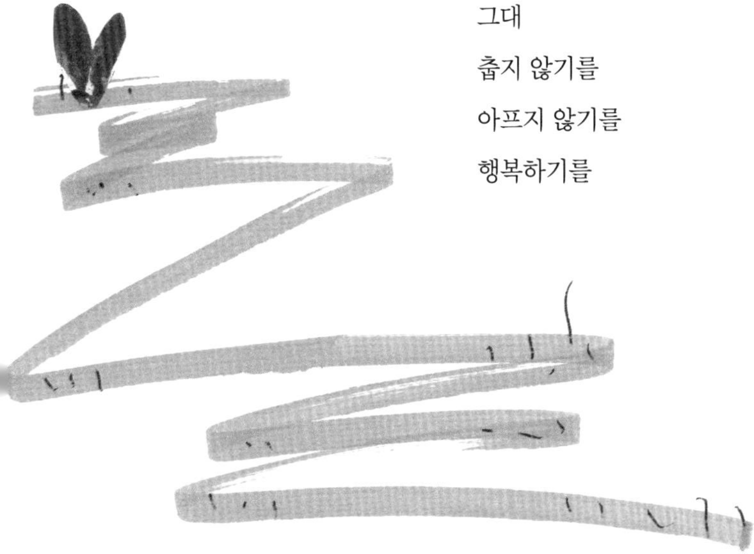

사랑은 바람을 타고

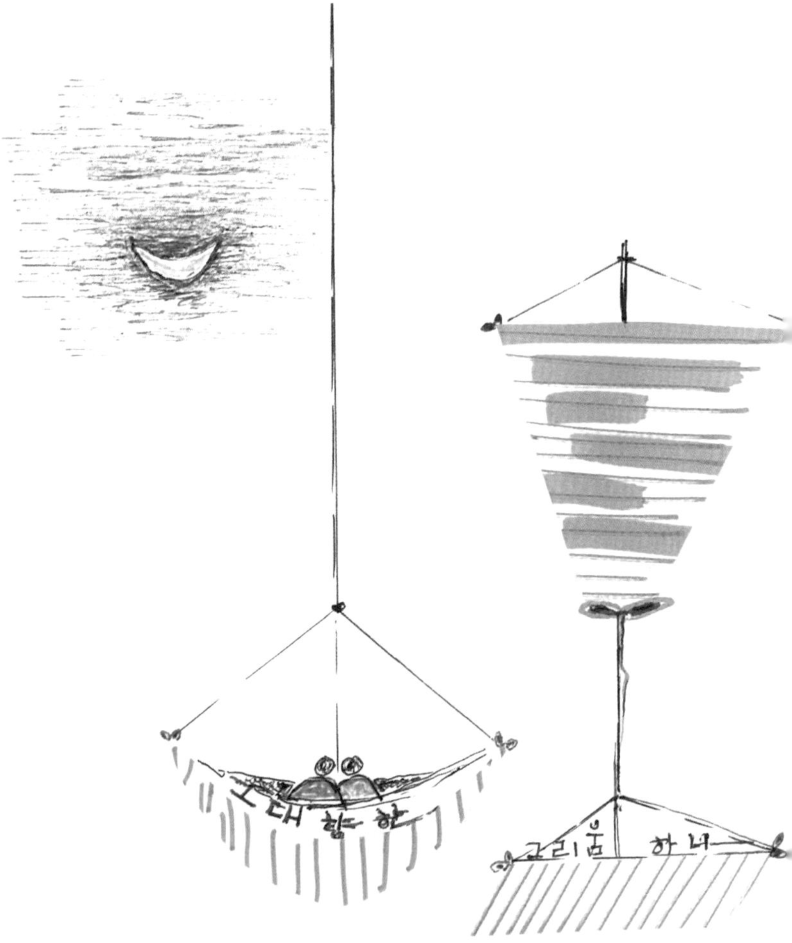
그대 향한
그리움 하나

허전한 행복

모래알처럼
수많은 사람들 속에
전생에 인연으로
친구로
동료로
형제로
애인으로
부부로
이웃으로
만났나 봐요

우리는
하루만 안보아도
허전한 행복

너를

너를
불러내는 것은
보고픈 마음

너를
손잡는 것은
사랑하는 마음

아내의 빈자리

문을 열고
들어서며
여보 나 왔어
어디 있어

소파에도
주방에도
안방에도
아무 소리가 없네

나올 듯
보일 듯
허허한 바람
여보 나 왔어
대답이 없네

봉선화

어릴 적 토담집
울밑에 봉선화
긴긴 여름날
한나절 잎 사이
수줍게 얼굴 붉히며
피어나던 봉선화

언니는 손톱에
봉선화 꽃 칭칭 매어주고
다음 날 아침 내 손가락엔
새 색시 연지 곤지 꽃 피었네

LA로 시집간 언니
꿈속에 찾아 온 언니
*울밑에선 봉선화야
네모양이 처량하다~

노래 부르네
노래 부르네

* 김형준 작사 봉선화 가사

그대에게

꽃씨를 심고
물을 주듯
내 마음속 정원에
당신을 소중하게
가꾸렵니다

꽃들이 가득 피고
새들이 찾아오는 날
나 그대에게
세레나데 노래
부르렵니다

일편단심 사랑으로
흰 파도 가르며
가는 조각배
저어 갈게요

눈이 오네요

눈이 오네요
하이얀 사랑

무지무지
당신을 사랑했어요

바람개비

그저께는
푸른 들판 달리는
아이들 손에
웃음꽃 피며
빙빙 돌았어요

어제는
연인들 데이트 꽃길
달리는 자전거 핸들에 꽂혀
씽씽 마음껏 바람 마시며
빙빙 돌았어요

오늘은
아저씨 댁 정원
솟대 위에서
빙빙 돌았어요

오늘도 나는
바람을 타고 설레임 가득 안고
그대 곁으로 다가갑니다

우리는 연인

더 멀리 가버리네

그 사람은 가버리네
더 멀리 가버리네

그리스 신화 이야기에
*피그말리온은
정성이 지극해
갈라데이아를
맞이할 수 있었다는 데
사랑할 수 있었다는 데

내 사랑은
무엇이 얼마나 부족한지
그 사람은
다가가면 갈수록
더 멀리 가버리네
사랑에 마법은 알 길이 없고

가버리네

저 멀리 가버리네

* 피그말리온이 상아 조각상(갈라데이아)을 만들고 사랑하는 모습에 아프로디테 여신이 감동을 받아 조각상에 생명을 불어넣어 주어 서로 사랑하게 했다는 그리스 신화

우리는 연인

야 자기야
오늘은 뭐 사가지고 왔니?
콘콘콘콘 팝콘
사가지고 왔숑

에그 고작 그런 것

그러는 너는
뭐 사가지고 왔니?
땅땅땅땅 라면땅
사가지고 왔숑

에그 고작 그런 것
우리는 연인

풀꽃

아무도
찾아오지 않는
풀꽃

바람이
찾아와
달래주고 있었다

세월

남쪽나라 바닷가
외딴 오두막집에
예쁜 소녀가
살고 있어요

카톡으로
잘 있느냐고 안부 물으면
언제 한 번 바람 쐘겸
내려오라 하네

간다간다 하면서도
어느새
한 해가 또 가고
다시 또 잘 있냐고
카톡하는 나

오늘도 카톡속
남쪽나라 바닷가
찾아가네
꿈속에서

어느 화가

나이 차이 많아도 친구처럼
안선생 후래자 삼배여

우리는 신촌 윤희카페
밤 깊어 가는 줄 모르고
그림 이야기 술잔에 띄워 마셨네

지구가 돌 듯
내일도 세상은 굴러가는 것
positive 마음으로
비우고 생략하고 simple하게
자기만의 unique한
그림 그리라고 자주 하시던 말씀

그리운 옛 이야기 되었네
보고픈 그님

* 어느 화가: 류경채(서울미대교수, 예술원회장, 창작미술협회회장)

제2부

첫사랑

첫사랑

내 첫사랑은

오늘도

꽃봉오리로

피어나네요

보고픈

그대

허수아비

날아오던 새들이
기겁을 하고 도망가도
허 허 그런 게지 뭐

동네 개구쟁이 애들이
돌팔매를 던져도
허 허 그런 게지 뭐
하는 허수아비

별빛도 내 차지
달빛도 내 차지
바람도 내 차지
하며 산대요

카르페디엠

스님은 내안에
우주가 있다하고
목사님은 이 땅에
천국이 있다하네

영화 죽은 시인의 사회
존키딩 선생은
카르페디엠
오늘을 잡으라하네

잡으려 잡으려고 해도
오늘은 어느 새
저만치 도망가네
어쩌면 좋을까요?

* "Carpe Diem" seize the day

행복복권

응응
그래그래
알았어 알았어
하는 것
하는 것

기다림

기다려도
기다려도
오지 않는 것

그래도
그래도
기다리는 것

외로움

행여나
행여나
기
:
다
:
리
:
는
:
것

그냥

거지부부 왈

어느 거지부부 왈
애아빠!
우리는 언제 집 한채 가져보나요?
집, 여기 다리 밑이 우리 집이지
에이~, 그런데 집주소가 없잖아요
없기는~, 매곡면 장척리 내장교 하면 되지
그러면 되겠네요
그런데 우리가 없을 때는
우체부가 다리위에 놓고 가면 어떻게 해요
응, 주소를 똑바로 써야지
내장교 다리 밑 거지네 집 귀하라고
그런데 편지나 소포가 올라나요?
그건 모르지 건넛마을 아우 거지가
곶감이라도 부쳐올지
알았어요
오늘은 일찍 자자구요
내일은 최첨지 댁 회갑이래요

우리는 연인

회장님 감사해요
또박 또박 월급도 주시고
보너스 선물도 주시고

무슨 말씀을
여러분이 있으니까
기계 톱니바퀴가 돌고
회사도 잘 돌아가고
고마울 뿐이지

그래요 회장님
우리는 전생에 연인이었나 봐요
이렇게 하루 종일 함께 지내니까요

글쎄 나 모르겠네
그러면 우리는 여기서
하루 종일 회사 안에서

우리는 연인

데이트하는 건가

네가 있음에

네가 있음에
별빛도 내 차지
달빛도 내 차지
바람도 내 차지
아이~ 좋아라

어느 부부

자기야
셰익스피어가 뭐예요
글쎄나 꽃 이름인가
그리고
에드가에렌포우는 뭐예요
들어본 적 있어요
글쎄나 자동차 이름인가
여보, 그런 거 신경 쓰지 마
판사가 될 것도 아니고

알았어요
그냥 그냥
되는대로 살자구요

애들 올 시간이네
찐빵은 다 익었나

슬픈 사랑(가곡)

운명처럼 바람처럼 다가온 사람
첫눈에 마음 빼겨 온 마음 다 주고
한 여름밤에 꿈 행복했는데
그대 마음 달래주지 못했네

바람처럼 지나갈텐데 왜 그토록 사랑했나
무지개처럼 사라질텐데 왜 그토록 사랑했나
이제는 슬픈 사랑 잊어요 마음속에서

……

너에 슬픈 마음도 아픈 마음도
달래주지 못했다 잘 해주지도 못했다
보고파도 남남으로 꽃 한송이 주지 못하고
울지도 못할텐데
가지 말라고 애원하지도 못했네

바람처럼 지나갈텐데 왜 그토록 사랑했나
무지개처럼 사라질텐데 왜 그토록 사랑했나
이제는 슬픈 사랑 잊어요 가슴속에서

사랑은 머물지 않는 바람

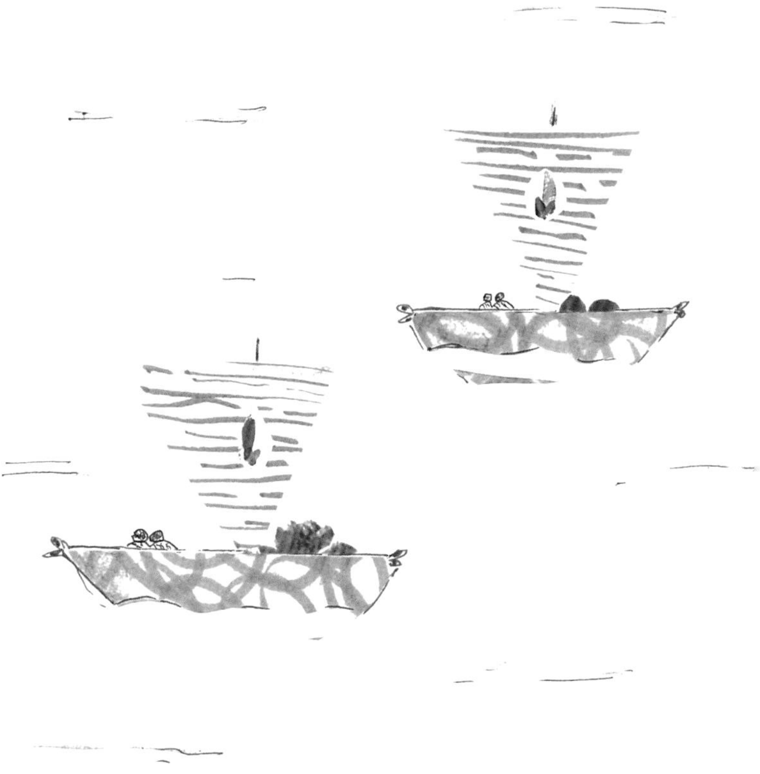

* 제목 : 백창우 작시 사랑 글

그런 일 없나요

누군가를 좋아하여
평생을
보고파 하고
그리워 하고
그렇게 산다면
얼마나 좋을까?

당신은
그런 일 없나요?

그 사람

그 사람
아플 때
내 곁에서 토닥여 주고
외로울 때
전화해 주고
심심하다고 하면
달려와 손잡아 주고 이야기 해주고

자꾸만
생각나는 그 사람
보고싶은 그 사람

가로등 왈 아가씨 왈

밤은 깊어 가고 비는 내리고
술 취해 길 잃은 사람
어느 쪽으로 가야 할지 모르고
날 붙잡고 씨름하네

어이 젊은이 어디서 그렇게
술 많이 먹었나 실연을 했나
정신 차리게 오른쪽이 명동성당이고
왼쪽이 남산타워 쪽이네
어이 또 뒤뚱뒤뚱 술 취한 아가씨 오네
여보세요 아가씨 잠깐만
이 사람 좀 도아주세요
한 시간이 넘도록 여기서 헤매이고 있어요

아 그러세요 가로등 아저씨
지금 12시가 넘었나요?
12시는, 새벽 4시가 넘었어요
아~ 그러세요 여기가 인사동 사거리 인가요?

하이얀 사랑

눈이 내리고
그대 손을 잡고
걸었어요

우리 하이얀 사랑
소록소록 쌓였어요

제3부

저 먼 곳에

저 먼 곳에

저 먼 곳에
그리운
우리 사랑
우리 추억

꽃 가게에서

첫사랑
라일락 꽃을 살까

사랑의 맹세
장미를 꽃을 살까

사랑의 메시지
아이리스 꽃을 살까

님은
무슨 꽃을 좋아할까

아내에게

우리는 서로 좋아
연애를 하고
결혼을 하고
콩닥콩닥
손자 손녀 손잡고
쇼핑도 하고

갑자기 서둘러 당신은 가고
당신의 빈자리 허전하고
여보 미안해요
잘 해주지 못한 것
그곳의 잠자리는
따스한 가요

한강은

한강은 한민족이 살아
한강이라 했던가
이조 오백년 도읍을 끼고
물길 따라 선교사도 찾아오고
황포돛단배 아름다운 금수강산
노래하던 강

이 강산 빗물 모아
축제의 돛단배 띄우고
수면에 파노라마 은파
반짝이며 흐르는 강

이국에 가로등들도
고향 떠나 코리아 이 강변에
자라 잡고 싶어 하는 강
아름다운 이 강산에
한강은

우리의 강

마음의 강

탈바가지 왈

에이 내 어쩌다
탈바가지 인생 되었나
집도 없이 이 마을 저 마을
떠돌이 신세 되었나

근데 왜 사람들은
나만 보면 웃는 겨
내 코가 메주 코 인가
내 눈이 두꺼비 눈인 겨
알 수가 없네

광대는 우기니까 웃고
각설이도 우기니까 웃는 거 아녀
그런데 내는 안 웃기고
흔들기만 해도 왜 웃는 겨
이게 무슨 조화 속인 겨

에이 모르겠다
내일도 그냥 가서
꺼억꺼억 뒤뚱뒤뚱
흔들어 볼거나
고놈의 인간들 웃는 얼굴
흘깃흘깃 훔쳐보는 게
내 취미이랑께

백화점에서

아기 곰인형을
사다주면
그녀는 좋아할까

연분홍 립스틱을
사다 주면
그녀는 기뻐할까

붉은 장미꽃 한 아름
사다 주면
내 마음 알아줄까

여보 당신은

오늘밤
꿈속에서
여보 당신은
은하수 건너
달님으로
내게 찾아 오려나

한번 찾아가 보세요

제가 최진사 댁 다녀온 일 있었어요
그랬었군요
그런데 최진사 댁 외동딸
지금도 시집 안가고 있어요
한 번 찾아가 보세요

그래요
그런데 또 퇴짜 맞으면
어떻게 하죠

걱정 마세요
그 어른님께서도 따님도
당신 어디에 살고 있는지
아느냐고 묻던데요
한번 찾아가 보세요

정말로

그렇게 말하시던 가요

짝사랑은

짝사랑은
이미 맞지 않는
병마개 인가

잘못된 주소가 적힌
편지 인가

혼자 방황하는 허상의
그림자 인가
맺지 못할 인연 인가

그래도
스카치테잎처럼 달라붙어
떼지 못하는 그 무엇

바람은

바람은 어느 집
사립문에 기웃거리다가
대궐집 대문 틈으로 안채 들여다보다가
최첨지 댁 양철 대문 두드려 보다가
산 너머 마을로 갔다

첫사랑 님을 찾아

어머님 전에

어렸을 적 보리밥 도시락
창피해 뿌리치고 학교 가던 날
어머님 밀개떡 도시락 들고
교실 밖 창가에 나타나셨네

철없이 고향 떠나
동대문 청계천 떠돌다가
LA 이국 땅 신세
반백년 흘러갔네
아~ 고국 땅 뒷동산 어머님 산소엔
할미꽃 피었나

살아생전 그 흔한
외식 한 번 못 사드리고
야윈 손 한 번 잡아보지 못하고
어머님 죄송해요
이 못난 불효자식을

밤 깊은 포장마차
술잔에 눈물 떨구며
저 하늘 별을 보며 불러봅니다
어머님 어머님 어머님
개골 개골 개골 불러봅니다

나는 그대를 사랑합니다

사랑은
구름처럼
강물처럼
바람처럼
흘러가고
멀어져 간 옛이야기 되었는데

긴긴 세월에 잊지 못하고
그리움에 지친 그대
가엾은 그대 서글픈 그대

나는 그대를 사랑합니다

그대

햇살처럼
이슬방울처럼
신데렐라 공주처럼
찾아온 그대

연인 스케치

처음 만나던 날
서로는 어떤 모습으로 나타날까
긴장을 하고 궁금해하며
지하철 출구 랑데뷰
얼굴 마주 보는 순간
두 사람
그윽한 눈빛 속으로 묶여 빠져들고
마음은 떨리고

그리고 데이트 길
오랜 친구인 양
말 나누고 손잡고 걸었네
시간 가는 줄 모르고
사진도 찍고

어느새
헤어질 시간 잘 가 또 만나

말하려는 순간
마음은 멍해지고
헤어지기 섭섭해
아쉬운 마음 감추고
태연한 척 잘 가 또 만나
손 흔들며 멀어져 가는 두 사람
서로가 사라져 가는 뒷모습
놓치지 않으려 바라보네

앵두

청푸른 유월 아침에
이슬아침에
다소곳이 잎새 뒤에 숨어
햇살 타고 님 오시나
님 오시나
기다리는 소녀 아가씨

끝내는 아니 온다고
뾰로통 입술 삐지고
그래도 설레이며
기다리는 소녀 아가씨

오늘도
청푸른 잎새 뒤에 숨어
창문 커튼 사알짝
열었다 닫았다

닫았다 열었다

이슬아침에

우리 선생님

옛날 옛날 아주 먼 옛날에
알프스 황간령 산기슭에
황간령, 추풍령은 들어본 것 같은데~
작은 오두막집에 순희라는
예쁜 소녀가 살았답니다
아주 예뻤나요?
그럼 신데렐라 공주처럼 예쁜 소녀였어요
그곳 산골짝 여름이면 토끼들이 청포도 따먹고
토끼들이 청포도 좋아하나~
가을이면 노란 감들이 주렁주렁 열리고
그럼 까치들이 홍시감 실컷 먹었겠네요
그럼 먹고 말고 겨울이면 석 달 동안
계속 눈이 내리는 그런 마을이었어요
야~, 우리도 그런 산마을에서 살았으면 좋겠다
그런데 오두막집에 소녀 혼자 살았나요
그건 아니고 부모님하고 살았는데
부모님은 낮이면 산골짜기에서

약초를 캐왔어요

순희가 아팠나요

아픈게 아니라 약초로 밥을 짓고 꽃잎으로 반찬을 만들면

순희가 더 예뻐졌답니다

야~, 맛있겠다 산삼도 먹었나요

자~, 여러분

오늘은 여기까지만 하고

말 잘 들으면 다음주에 얘기해 줄게요

안돼요 안돼요 선생님

어허~, 말 잘 들으면~~~ 했잖아

에그머니나 어쩌지~~~

슬픈 일기

새들이 물었다
저희들이 그렇게도 무척이나
부러워했던 사랑
그 후 Story는
어떻게 되었나요

꽃들이 대답했다
글쎄다
세월도 하늘같이
믿었던 사랑
한 여름밤에 꿈처럼
가버렸단다

제4부

꿈속에 찾아온 그대

꿈속에 찾아온 그대

첫눈 오는 날 하이얀 눈 펑펑 쏟아지고
우리의 사랑 온 세상 하얗게 물들었지요
천사들이 질투했나
한여름 밤에 꿈이었나
우리의 사랑 길 잃은 바람 되어
긴긴 세월 헤매었네
행여 전철에서 만나려나 꿈길에서 만나려나
하루 종일 비가 내리고 기적소리 멀어져 가고
떠오르는 그 사람
어젯밤 꿈속에서 찾아 왔네
삭풍에 얼음장 속 견디고
청아한 진주 모습으로 찾아온 그대
어두운 밤 호롱불 밝히며
별숲 지나 은하수 강 건너 찾아온 그대
고귀한 난향으로 다가왔네
애틋한 세월 못다한 설움
연민에 그윽한 미소, 미소 짓고 있었네

누나는

목단꽃도
한 땀 한 땀

원앙새도
한 땀 한 땀

보름달도
한 땀 한 땀

수를 놓았다
누나는
달빛 창가에서

술이 하는 말

술이 술 먹었다고?
제 입으로 잘 처먹었으면
가만이나 있지 무슨 개소리냐고
내가 이래 봬도 이태백, 소동파
주나라 임금하고도 형님 아우하며
놀던 놈이여
근데 뭐 할 일 없으면
빈대떡하고 술이나 한잔 하자고
그게 말 인겨 막걸리 인겨
너는 나 때문에 술 친구 마누라도 얻어
잘 살고 있잖아
네 입으로 잘 처먹었으면
이제 그만 헛소리하고
전봇대 하고 씨름 그만하고
집에 어서 들어가
조간신문 들어오는 시간이여

나도 잠깐 눈 붙였다가

아침 일찍 공사판 나가야 혀

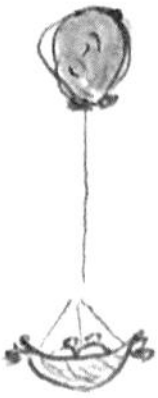

우리 사랑

우리 사랑

찌륵찌륵

쪼록쪼록

별아
너는 나를
좋아하니

풀꽃 이야기

얘! 너는
누굴 좋아하니?
난 바람
그럼 넌
누굴 좋아하니?
난 이슬방울

바라만 보는 전화번호

여러분은 망설이고 바라보는
그런 전화번호 있지 않은가요?
제게는 그런 전화번호 하나
있답니다

가끔 검색을 하면
이름이 뜨고 번호가 뜨고
어느새 가슴은 두근거리고
행여 문자가 오지 않았나
행여 전화가 오지 않으려나
기대도 하면서도
아니 올 줄 알면서도

아니지 내가 한 번 용기 내어
잘 지내고 계신가요
문자를 보내 볼까
통화버튼 눌러 볼까

꽃 한송이 줄 수 없는 사람
행복만을 빌어야 할 사람
내 안에 간직만으로 살아야 할 사람
오늘도 망설이고 바라만 보았네
전화번호만

그날

나는
그녀 손을
사알작 잡았다

그녀는
가만히 있었다
말이 없었다

그리고
우리는 마냥 걸었다
시간 가는 줄 모르고

보랏빛 사랑

젊은 날에
꿈같은 보랏빛 사랑
연민의 세월 속에 그리운 사랑

어느 곳에 살고 있는지
보고파라 보고파라

예쁘던 얼굴 변했을까
내 이름도 잊었을까
허공 속에 띄워 보낸 편지는
무심에 메아리로 돌아오고

오늘도 보고픈 그대
그리워라 그리워라

해변의 연가

우리는 손잡고
백사장 따라
걷고 또 걸었네
해변의 연가 불렀네
사랑해 당신을~

파도는 사르르 밀려와
하이얀 포말로
발등에 부서지고
하늘엔 흰구름
두둥실 떠가고

뱃고동 소리
갈매기 소리
우리 사랑 교향곡인가
해변의 연가인가

갯바위도 소라도
함께 노래 불렀네

랑데뷰 스케치

어제도 그랬었지
그녀 만나면 나는
두 손 들어
V자 두 손가락 흔들고
싱글벙글 웃고

어느새 그녀는
두 팔 들어 하트모양 흔들고
봉긋봉긋 웃고

내일도 그러려나
싱글벙글
봉긋봉긋
우리는 연인

라일락 꽃 그늘 아래에서

라일락 꽃
그늘 아래에서
네잎클로버 반지 만들어
그녀 새끼손가락에
끼워 주었지
라일락 꽃송이 왕관 만들어
그녀 머리 위에
올려 주었지

그녀는
빙그레 웃으며
마냥 좋아했었지
연보라빛 사랑
라일락 꽃향기
그윽했었지

테라스에 앉아서

보고 싶은 마음에
그대 얼굴은
아련한 꿈속에서
안타까이 보이고

잊지 못하는 마음에
그대 이름은
하늘끝 저 멀리에서
들리는듯 들려오고

기다리는 마음에
테라스 테이블에
커피잔은 식어가고

그 옛날 우리 사랑
저 별무리 속 헤매이나

별빛 하늘만
바라보았네

우리 사랑

우리 사랑
견우와 직녀 이야기인가
로미오와 줄리엣 사랑인가
소식도 없고 기약도 없이
세월 속 그리움에
보고픈 사랑

언젠가는
별빛 가득한
은하수 강가에
오작교 놓여지는 날

우리 사랑
견우와 직녀되어
만나려나
만나지려나

그대는

그대는
바람

나는
바람개비

슬픈 바람개비(가곡)

바람이 그대라면 나는 바람개비
비바람 불어와도 눈보라 몰아쳐도
그대 생각 꿈결 속에 빙빙 돌았어요

그대 나만을 나만을 사랑한다고
손잡아 주던 당신 모습 아직도 또렷한데
그대는 나만을 기억하고 있을까

지금은 어느곳에 살고 있는지
세월이 흘러가도 만날 길 없어
기다림에 지쳐버린 슬픈 바람개비
그리워 눈물짓는 내마음 같이
외로이 멈춰서서 울고만 있네

* 작사: 안창모, 작곡: 이종록, 노래: 테너 김래주, 피아노: 김윤경

너에게

너에게 미안하다고
먼저 사과하는 것은
너를 놓치고 싶지 않아서

너에게 고마웠다고
먼저 말하는 것은
너를 아껴주고 싶어서

너에게 전화를 걸고
먼저 카톡을 보내는 것은
너를 사랑하고 싶어서

아내에게

전생의 인연에도
감사하며 좋아했는데
꿈같은 연애를 하고
결혼하고
그래 그래하며
행복했는데

갑자기
하늘이 무너지고
그렇게 쉽게
갈 줄이야
우리에
행복한 파노라마
끝나지 않았는데

앨범 속 사진
바라보면 당신은

말하는 것 같으네

"제가 어디가 그렇게 예쁜가요?"

말하는 것 같으네

제5부

봄처녀 제 오시네

봄처녀 제 오시네

산수유 진달래 산길 넘어
수양버들 갯버들
실개천 돌아 돌아
동백꽃 비녀 끼고
봄처녀 제 오시네

산새 멧새 참새 박새
쪼르르 까르르 뽀르르
합창하며 춤추며
봄처녀 제 오시네

머위 두릅 원추리
개미취 머위 취나물
소쿠리에 가득 담아 이고
봄처녀 제 오시네
봄처녀 제 오시네

* 봄처녀 제오시네: 이은상 시 제목

그대 바람이려오

나는
봄날에는 복사꽃 뿌려주고
여름에는 시원한 강촌 바람
풍선에 띄워 보내는
그대 바람이려오

그대 고요히 잠든 꿈속에
달님도 별님도 모셔오고
산새들도 초대하여
파티도 열어 주고

그리고 행여 행여
감기라도 걸려
그대 아파하는 날
따스한 커피 들고 달려가는
나는 그대 바람이려오

내 생각 하려나

저 둥근 달 보며
내 생각
하
:
려
:
나
:

풀꽃

사랑
하고파 하면서도
한 평생을
말 못하고

저만치서
외로운 그대
가엾은 그대

손님과 주모

여보슈 그만 들어가야지 늦었어
마누라가 기다리겠어
마누라 읍슈
왜 도망갔나
그래요 도망갔슈
그렇게 술만 먹으면 누가 좋아해
그 때는 술 한방울도 안먹었는디유
그러면 왜 도망갔을까?
저도 모르겠어요
애들은
애들도 남겨 놓구요
그런데 주모님 아저씨는
뭐하는 사람아유?
아저씨 아저씨도 도망갔지
왜 도망갔슈
글쎄 나도 몰라요
주모님도 불쌍한 사람이구먼유

말하면 잔소리지
이제 원망하면 뭐 해유
전 술이 좋아유
술은 한 번도 저를 싫어한 적 없어유
주모님 제 술 한잔 받으실레유
에구머니!
이렇게 착한 사람을 두고 도망가다니……

어느 노숙자의 꿈길

성질이 나서 고래고래 소리 질렀다
"게 누구 없소"
아무도 대답이 없다
사방은 깜깜하고 허공에 메아리도 없고

그래도 다시 또 고래고래 소리 질렀다
그래도 아무도 대답이 없었다

어느새 지쳤나 제풀에 소리는 모기소리로
입안에서만 뱅뱅 돌고
멀리서 새벽종소리만 들려오고
세상이란 이런 것인가 알 수가 없네
길바닥에 주저앉았다 그리고 노래 불렀다

"*인생은 나그네 길 어디서 왔다가
　어디로 가는가 ~~"

* 최희준 노래 하숙생 가사

물처럼 구름처럼 바람처럼

물은
산골짜기 따라
되는대로 따라 흐르고

구름은
이 마을 지나 저 마을로 가고
이 산을 넘고 저 산도 넘고

바람은
인도양을 넘고
태평양도 건너고

우리도
물처럼 구름처럼 바람처럼
흐르는 대로 가는 대로 부는 대로
한세상 살아갈거나

달님이 하는 말

달님이 하는 말

왜 사람들은 나를 보고
자기들의 옛 애인을
생각하고 보고파 할까

다른 한편 애인도
달을 보며 자기를
생각하고 그리워하고
있지나 않을까 생각을 하며
자꾸 나를 바라보는 걸까

어디 사는지 알려 달라는 건가
소식을 듣고 싶어서인가

소식을 전해 주길 바라서인가
내가 그대들의 징검다리 우체부인가

나도 내 님 찾아 헤매이고 있는데

그녀의 편지

그림을 그려 보냈다
그림 잘 받았어요
친구들이 너는 좋겠다고
놀려댔어요
그렇게 답장이 왔다
꿈만 같았다

바람처럼 다가온 그대
바람처럼 가버린 그대
슬픔만 남겨놓고

언젠가는 보고 싶다
다시 또 편지 오겠지
그대 얼굴만 떠올랐다

석양 노을에
꿈꾸는 젊은 날의 추억
그 옛날의 편지

둘이라면

사랑의 가족

멍멍멍멍
강아지 나오고

캉캉캉캉
캥거루 나오고

꼬르르 꼬르르 자가야
당신 나오고

삐그르 삐그르 여보야
내가 나가고

우리 사랑

새들이

부러워한

우리의 사랑

우리는 연인

풀꽃

저만치
풀꽃
외로이
피어 있었다

새 한 마리
찾아와
얘~, 풀꽃아
네 이름은 뭐니
묻고 있었다

아내에게

꽃밭에 꽃들은
정이 많은지 사랑이 많은지
서로가 친구인지 애인인지
어제도 오늘도 웃기만 하네

언제나 꽃처럼
밝게 웃던 당신
친구들이 매일 전화 오고
집사님 권사님 이웃 아줌마들도
좋아하고
단태 모네는 할머니 할머니 하고
나는 그려 그려 하며
좋아했는데

하늘에
달님도 별님도 천사들도
좋아했나 당신을

왜 그리 쉽게

그곳으로 가셨는지

무상의 길

어제도 걸어가던 길
오늘도 걸어가는 길
사랑도 하고
미워도 했다
아쉬워도 하고
그리워도 했다

지금은 지금대로 살고
내일은 내일대로 살고
겨울을 느낄 때면
봄이 가까이 다가오고
사랑을 느낄 때면
사랑이 저만치 가고 있고

강물이 흘러가고
구름도 흘러가고
계절이 가고

세월도 가고
붙잡을 수 없는 길
어제도 걸어가던 길
오늘도 걸어간다
저 기러기는 어디로 가는 걸까

슬픈 여인

아주 아주 오랜 옛날
첫사랑 꿈 가득할 때
설레는 그녀 가슴엔
꽃봉오리 피어나고

천사들이 시기했나
바람이 질투했나
꿈결 같던 그 사랑
어디론가 가버렸네

그리움에 지치고
기다림에 눈물 마르고
힘겹게 수레바퀴 돌리며
계절을 밀고 세월을 밀고
한 세월 보내는 여인
오늘도 무심한 바람결에

귀밑 흰 머리카락 날리는 여인

난 그대를 사랑합니다

그때는 몰랐어요

그렇게도 그렇게도
날 좋아한다고
편지 보내오고 보내오고
찾아오고 찾아오고
애원하고 애원하고

그때는 무덤덤히
뭔지 몰라
미소 짓지 못하고
그냥 보냈어요
미안해요

많은 세월 보내고
그대 소식 들었어요
이제야 알았어요
당신이 나를 얼마나 좋아했는지

당신이 얼마나 좋은 사람인지
그때는 몰랐어요

이제는 제가 당신을
보고파하며
그리워하며
살아갈게요
미안했어요
당신을 사랑해요

제6부

담배꽁초 왈

담배꽁초 왈

아이구~, 이거 성질나네
야 이놈아 담배 한 까치만 달라고
할 때는 언제고
입안에 날 살살 굴리고
내 입술 뽀금뽀금 빨아대고
달콤한 맛 쪽쪽 빨아먹고
이제는 내 신세 꽁초라고
길바닥에 내팽겨 던지고
그것도 시원치 안아
구둣발로 날 짓눌러 밟아 비벼
야 이놈아 네 혓바닥
나한테 한번 데고 싶으냐
혼쭐 한번 나고 싶으냐
가만히 봐주니까
뵈는 게 없는가 봐
너 한 번 죽어볼래 알았어?
가만히 있을때 잘하라고

그대 떠난 후

그대 떠난 후
눈물도 먹먹해지고
허허한 바람만 불어오고
하늘도 푸르지 않더라

마냥 파라다이스 꿈꾸며
달려온 날들
추억은 겨울의 문턱에서
낙엽으로 떨어지고
새들도 어디로 날아갔는지
보이지 않더라

바람에 실어 그대에게 보내면

그렇게도 좋아했던
그때 그 시절
행여 그대 지금은
날 좋아하고 있으려나
슬픈 마음 달래본다

세월 속 지우지 못하고
보고픈 그 사람
희미한 추억 속에
헤매이는 사랑
서글픈 사랑

내 슬픔 바람에 실어
그대에게 보내면
답장이 오려나
님 소식
바람타고 오려나

바람은

바람은
갈대숲을 지나
어디로 가는가

갈대는
바람을 좋아하는데
사랑하는데

산나리

산나리꽃 산나리는
산이 좋아 산에서 사노라네
산 숲 바람에 앞가슴 살며시 열고
꽃잎 옷깃 살며시 입에 물고
다소곳이 피어있네

아침이슬 햇살 받아
세수하고 머리를 땋고
연지 립스틱 바르고
미소 짓고 있네

오늘은 산 숲 그늘
시원한 바람 속에
낮잠도 자고 공주님 꿈도 꾸고
일어났다네
산이 좋아 산에서 사노라네

풀꽃 시집가는 날

오늘은
풀꽃
시집가는 날
솔바람 시루떡 이고 오고
강바람 술도가니 실어 오고
산새들 강새들 축가 부르고
고추잠자리들 춤을 추고

잔치 잔치 열였네
강물도 춤을 추고

* 월간 작가와 함께 2023. 005호 등재시

가련한 새

가련한 새

어느 날 편지 속
잊어 달래요

초라한 내 모습
한없이 작아지고
갈 곳 잃은 내 마음
어디로 가야 할지
빈 하늘만 바라보고

새들도 어디로 날아갔는지
보이지 않더라

풀꽃

저만치
풀꽃
혼자
울고 있었다

고추잠자리
한 마리
찾아와
달래주고 있었다

달래주고 있었다

그날

어느 여인의 이야기

여보세요
저는 ~씨 친구인데요
전화 바꾸어줄 수 없나요?
~씨는 지난주 결혼하여 신혼여행을 가서
회사에 나오지 않았습니다

청천벼락같은 말
그녀는 그만 땅바닥에 주저앉아 버렸습니다
하늘은 갑자기 까매지고 생각은 멍~해지고
마냥 달려온 철길은 끊기고
그녀는 가련한 새
날개죽지 부러진 새되어
퍼덕이며 울고 있었습니다

불쌍한 그대 힘내세요 일어나세요
사랑이란 그런 거래요
그렇지만 좋은날 있을 거예요
당신은 좋은 사람이니까

해마다 9월이면

구절초 아가씨

저 높은 하늘나라
청 푸른 가을 하늘 흰 구름집에
무남독녀 아가씨 살았답니다
지상에 코스모스 한들한들
산책길 여인들을 부러워했답니다

어느날
휘영청 달빛 가득한 밤에
달빛 소풍열차 타고 내려왔어요
애석하게도
코스모스 연인 길 산책길 찾지 못하고
산바람 산새들 마중에 정이 들어
산등성에 오두막집 짓고 살았답니다

해마다 9월이면
달빛열차 타고 와

흩뿌려 피는 달빛아가씨
올해도 바람결에 하늘하늘 피었네
백의의 천사

서글픈 사랑

조금씩 바람결에 날려보내면
우리 추억 잊을 수 있으려나
내 사랑 한 여름밤에 꿈 애틋한 추억
내 인생의 터널 끝나는 날까지 간직할 사람
사랑은 영원히 꽃피울 수 없는
바람의 손님인 것을
잊지 못하고 매어있는 생각에
수많은 시간의 수레바퀴
밀고 밀어 보낸 뒤에
황혼에 이르러 치매라도 걸리면
그때는 보고픈 그대
까마득히 잊고 편한 마음에
훠이훠이 손 흔들며
석양노을 바라보려나

그대는

그대는
바람

나는
갈대

여보 나 왔어

여보
나 왔어
불러보지만
대답이 없네

그래도
여보 나 왔어
하고
또
하고

대답이 없네

첫사랑

저 푸른 초원 위에
그림 같은 집을 짓고

별빛 쏟아지는
달빛 쏟아지는
흰 눈 펑펑 내리는
양떼가 잠을 자고
사슴들이 놀러 오고

저 푸른 초원 위에
그림 같은……
꿈을 꾸고

| 문학활동

공주풀꽃문학관에서 나태주시인의 오르간 반주로 어버이 은혜 중창(2023. 5. 7.)

| 미술활동

삼성동 코엑스 서울국제아트엑스포 브스전 나이아가라 환타지 작품전시 중, 홍익미대 김태호교수 축하를 받으며(2019. 4. 27)

홍익대 대학원 제자 김연희 화가의 조선일보사 갤러리 전시를 홍익미대 김태호교수, 이열교수와 함께 축하를 하며(2017. 5. 3.)